# ビオラ　ソロリアプリセアーナのある庭

方喰あい子

# 詩集　ビオラ　ソロリアプリセアーナのある庭＊目次

# 詩集　ビオラ　ソロリアプリセアーナのある庭

# I

# ビオラ　ソロリアプリセアーナのある庭

わたしの命を燃やしたい
若い日、心中に秘めた
子を生し　人の命をつなぐ
そのことよりも

「いつまでも嫁にいかなくて困る……」
あるとき　父の寝言を知らされて
わたしの思いをずらし
意を決した

子を生し
職業《しごと》を脱ぎ
今、わたしは
何をつなぐのだろう

肩の辺りがむず痒い
そのまま
朽ちた葉を取り　水遣り
朝顔をのぞいていた

むず痒さに
手をのばすと
カマキリが腕の方へ下りて来る

ふと、気づいたのだった
わたしは　生き物たちの　花木や草花の
命をつないでいる　と

彼の詩人が手渡してくれた
ビオラ　ソロリアプリセアーナが
葉を広げている　水を遣る

# 一木一草

新年の始まり
かつて父が植えてくれた楓は
なごりの紅葉をまとい
小枝の固い芽が赤らむ

白萩は
『黒い果實』でH氏賞を受けた
長島三芳氏の庭から搬び
夫妻が大事にしていたニッコウキスゲは

恵美子夫人が株分けしてくれた
葉を食べつくされたビオラ　ソロリアプリセアーナよ
『一面の静寂』で現代詩人賞を受けた
清水茂氏からいただいた
そう！　白い勿忘草はおねだりだった

越前水仙がのびあがる
福井に住む学友　米ちゃんからのプレゼント
裏庭の侘助は　詩友の盈子さんが
「あなたの庭に似合いそうだ」と
苗木を抱えて訪ねてくれた

イギリスの旅　ブロンテツアーで訪ねた

三姉妹ゆかりの地　ロウ・ヘッド校で魅せられた
白い花は秋明菊
いつからか小庭に咲いている

一木一草が　記憶の淵から
人の微笑を　在りし日の光を
記憶の淵から搬ぶ

# 白い紫陽花

其処はオンディーヌというバー
カウンターの隅に
真っ白な紫陽花を飾る店があった

馬車道にあったその店は記憶の中に灯る
あの頃
詩人たちはオシャレだったのか
裕福だったのか
詩人を囲む集まりがあって

あの店に流れたのだった

あの白い紫陽花はいつまでも心中に咲いていた
何時のことであったか
今ではわたしの庭に咲き部屋に飾る
挿し木をして
何人もの知人に分けてきた

浦上台の長島三芳さんの庭から
搬んだのか
白い紫陽花を飾る幸いをくれたのは
あの詩人だったか
バーのカウンターで花を褒めちぎるわたしは
何かを話したのだったか

遊びに来た友へ切り花をあげて
挿し木の仕方も教えた
いつかあの詩人の墓前に供えたい
水が上がるように
茎は短めにして

# 初花

黒椿　レンギョウ　ムスカリ
春の息吹を摘み
遺影に手向ける
空の窪みから　故人は
此岸の春を愛でるだろうか

散歩がてらの花見のとき
連れ合いが顔をしかめても
桜を

小さく手折って供えた

母の隣に父の遺影を飾る
晩年　花好きになった父は
かつて　ふるさとの鹿島からわたしの庭へ
楓　モチノキ　乙女椿を運び
ランニングシャツをびっしょりさせて
植えてくれた

菜園に
取り残した菜が黄色を飛ばし
絹さやが白い花を翳して
実りのときを夢見る

団子虫が慌てふためき
ミミズがにょろり這い出る処
ひとに言えない哀しみは
そっと置いて

先ずは母に
父に
手向けたい
庭の初花

# ダリア

二階の窓からダリアが見えた
ちいさな畑に咲くのは
あの大きなダリアだろうか

男がお世話になりました　と
別れの挨拶にダリアの球根を持ってきた
大きなダリアが
アパートのちいさな花壇に咲いていた
草花の手入れをする男に会うと

立ち話もした

家に帰ることになりました……
その男の名前も
家が何処に在るのか
どんな仕事をしていたのか
何も聞かずじまい

雨が小止みになり
ちいさな畑に入ると
あの大きなダリア

あの男は　何処かで
ダリアに見惚れているだろうか

ある日　ばったり会ったら
立ち話ぐらいするだろう

ちいさな
ちいさなカマキリが
雨粒のついたダリアに
じっとしている

# Ｙさんの君子蘭

橙色の君子蘭はＹさんを想わせる
子どもたちを迎えに行ったとき
玄関に咲いた君子蘭に息を呑み
何を話したのだったか　その後
株分けしたからと
鉢植えの君子蘭を届けてくれた

高齢のＹさんは働き者
自転車で大工仕事に出かけ

夕方には背中を丸くして
ゆるい坂道を帰ってくる

晩年　認知症になったYさんは
紙を見つけると何でも破ってしまうし
何度も郵便局に行ってしまう　と
トミさんがこぼしていた

バスの中でYさんと出くわした連れ合いは
Yさんと顔を合わせるや　たちまち俯いて
ポロポロと涙を流されて……
なんとも言いようがなかった　と話す

Yさんの君子蘭を株分けして

お隣にあげたら
何時だったか
君子蘭が咲きましたよ
主人がとても喜んで……
奥さまの顔が綻んでいた

花が終わると
風に吹かれて株分けをする

# 少し草臥れた帽子を被って

何か言いたそうに微笑み
手渡してくれた透明な小箱の
見覚えのある青い果実に手を伸ばした
それは　お贈りした
「Ｌｏｖｅ　ｉｎ　ａ　ｍｉｓｔ」
茎の先に　風船のような
青い果実を実らせている

少し草臥れた帽子を被って
季節の花を手折り

「詩を語る小さな詩のサロン」に搬ぶ
彼の人からの青い果実は
我が家の小瓶にまどろみ　亜麻色になって
いつしか黒い種ができていた

イギリスの旅の途で買ったガーデン誌の付録
植物の種「Ｌｏｖｅ　ｉｎ　ａ　ｍｉｓｔ」
白い花びらの帽子を被る
妖精のような植物との出会い

幾つの四季を巡ったであろうか
「Ｌｏｖｅ　ｉｎ　ａ　ｍｉｓｔ」は
微笑みを浮かべる詩人の庭から搬ばれて
今　わたしの　てのひらに

# ニッコウキスゲ

ニッコウキスゲの　濃い黄色の一輪は
定かではない記憶の空のようだ

ニッコウキスゲの一株を欲しがったとき
シャベルを手に
「これはだめよ　もっと増やしたいの」
応えた人は何を想ったのか
「株分けしたので取りに来られるかしら」
晩秋の頃　電話をくれた

季節はずれの植え替え
地面に根付くだろうか
たっぷりと水遣りをして
しな垂れた葉を起こし
支柱を立てた

春
扇状に開いた葉の間から　一輪
濃い黄色の花が咲き　私は
花便りを書いた

お電話が入り
「心配だったけれど　咲いてよかったわ

貴女にあげるのが一番だと思ったのよ
大きい方の二株を分けた」と言う

あのときの株は
未だ増えていないのに
亡き夫との思い出の株を分けてくれた
私は
その人の傍らに立つ

Ⅱ

# 床を踏みながら

矩形のレンガをハの字に敷き詰めた床を踏み
市民広間を通りぬけようとした
幾度か　幾万回となく踏んできた
大きな目をした栗ちゃんと
昼ごはんを食べに行こうとして
ある時は甘味処へ誘ってくれた先輩と
初めて市民広間に立った新人のわたし
船を象る壁面はヨコハマの薫りがした

グランドピアノが置かれて
昼休みのミニコンサートには
大勢の人が足を止めていた

書類を抱えたローヒールが床を踏む
ポニーテールが揺れている
窓の向こうをチンチン電車が走る

東京オリンピックの年
土木局に配属された
作業服姿の春さん　恪さん　あべちゃん
時には　西さんが
ポールや巻尺を手に広間を出ようとしている
横浜に下水道が整い始めて

仲間たちは一軒　一軒
家庭に出向いて行った

もう直ぐ役割を終える市庁舎
数多の人が踏んできた床は
粉々になって何かに混じるのか
市民広間が消える
わたしの記憶も剝がれてゆく

# 小さな図書室

改札口を出るとすぐ目の前に
焦げ茶色の建物がある
その地下に小さな図書室があって
二重まぶたの真知子さんが貸し出しをしていた

あの窓のない部屋の真ん中の本棚に
葡萄色の分厚い世界文学全集が
ずらりと背表紙を見せていた
哲学書や法律の本に混じって

山田今次さんの『でっかい地図』や
保高一夫さんの『序奏』とか
詩集がわずかに並んでいた

一冊ずつ読んでいった
故里を離れたばかり
未成年であった私の扉を開く
森があった

仕事の合間に
逆三角形の白いボタンを押して
エレベーターの前に立つ
ドアーがあいて
地下一階のボタンを押していた

土曜日の午後
男の児の手を引いた真知子さんが
向かい側のホームを歩いていた
手を振ると匂うような笑顔が返ってきた

職場が変わり
いつの間にか図書室がなくなっていた
地下に小さな図書室があった

# 赤い土

旅から持ち帰った土を
小瓶に移して長い年月が経つ
蓋を開けると粉のような赤い土
瓶のラベルに
　キャヴェンディッシュの土
　一九九九年六月二十九日　と記す

あの日
旅の仲間と

プリンスエドワード島の
キャヴェンディッシュの海に向かった
見渡すかぎりのジャガイモ畑は花ざかり
目にした赤い土に見惚れ
思わず懐紙に包んだ

そこから
海へつづく一本道を行くと
なだらかな砂丘だった
砂丘には疎らな柵があり
仲間は越えていくのに
和子さんは立ち止り
手を借りたのだった
砂浜に下りて

セントローレンス湾に手を浸すと
故里の海に繋がる！
不思議さが込み上げた

あの遠い日から
小瓶を拭き　蓋を開けてきた
これからも拭き続けるだろう
小瓶の行方を
ふっと想う

# 米ちゃん

米ちゃん　と
いつも言っている
電話口で
手紙を書くとき
家族に話すときも

「わたし　八十八まで生きるの」
米《よね》という文字を書いたのは
高校一年のときだったか

あなたは黒の　わたしは紺の
セーラー服

ふるさとの
鹿島の家に遊びに来てくれた
その折のモノクロ写真は二人とも
白いブラウスにプリント模様のスカート
海の浅瀬に入り
微笑んでいる
肩にかけたあなたの手を
わたしの両手が握っている

結婚後
越前で暮らす米ちゃんから

湯呑みが二個　送られてきた
あれから　どのくらい経つだろう

両手にすっぽりとおさまる
滑らかな手ざわりに
今日も
食卓に置く

## 林檎の香り

消灯したばかりの暗がりから仄かな香り
呼び止められたようで
信州から届いたばかりの箱を開けると
新聞紙に包んだ林檎
葉が添えてある

贈り主は連れ合いの友だち
現役時代の仕事仲間

話してくれたことがあった
互いに
無理を言いあいながら仕事にこだわり
いつの間にか　友だちになっていた
仕事を脱いだ後　信州に移住して
日がな一日　土を耕し
林檎や野菜づくりをしている　と

連れ合いが電話を入れると
「主人は　今、畑へ行っています
前に送っていただいた映画〈ゴジラ〉のＤＶＤを
孫と一緒に楽しんでいますよ」　奥さまが応える

友から電話が入る

「冬の寒さは厳しい！　それでも
毎日やることがあって　病気もしないし
張り合いがあるよ
種類の違うのを混ぜておいたから楽しんでくれ！」
二人が励ましあっている

暗がりから仄かな林檎の香り

# 娘と絵葉書

脇見もせずに歩いた
呼びかけても応えなかった
一途に学んだ娘

美術展で買ってあげた絵葉書
物をほしがらないあの子が選んだ
マリア・テレジアの少女時代の肖像画
きりっと結んだ口元
強い意思を秘めた顔立ち
エメラルドグリーンの愛らしい衣装

魅かれたものは何であったか
小さな額縁に入れて飾っていた

剣道部に入りたかったのに
背中を押せなかった
巡り来る季節の中
大人になった娘は
仕事への思いを熱くする

大切に飾っていたあの絵葉書
何処かにいってしまったと言う
あのとき
何か聞いてあげただろうか
愛しさだけが耳の底に

中欧への旅程表に組まれていた
シェーンブルン宮殿
彼の地なら　あの一枚が

見学の終わり
宮殿のショップに
あの絵葉書が並んでいた
娘への贈り物

色づき始めたシェーンブルン宮殿の
マロニエの並木道
愛しいものを掌中に
傘を開いた

# ぽむ

ぽむは町のペットショップで買った
娘夫婦のお気に入りのホーランドロップ
その話を耳にして　抱っこしたいな……
わくわくしたことがあった

後になって　ぽむは
抱かれるのが好きじゃないの　と言われた
どんな季節だったか　丘の上の家を訪ね
明るい部屋の　ぽむの部屋で初対面

ぽむ！　ぽむ！　と呼びかけ
乾し草をあげると　もぐもぐ食べてくれた

ある夜半に電話が入った
娘が泣いている
ただ事ではない
　ぽむ　が……
　ぽむ　が……　娘が泣いている
これから直ぐに行くから　行くからね
（その夜、婿さんは夜勤だった）

翌朝　仕事帰りの婿さんと娘は
籠に布を敷き　顔のまわりに花を飾り
頭　耳　腹のあたり　くぼんだ目のあたりを撫ぜて

しろい布をかぶせた

ワゴン車で迎えに来た男は
お焼香一式を携えて来た
私たちは合掌して
型どおりの弔いをした
ぽむが　はこばれてゆく
合掌する頰を涙がつたう

ぽむはフランス語で林檎の意
あの子が名づけたと言う
いつか名前の由来を聞けるだろうか
ぽむ　ありがとう
娘たちのそばにいてくれた

# かやぶき屋根の下で

テレビもなくラジオに身を寄せて
祖父と浪花節に聞き惚れた
広沢虎造とか　春日井梅光とか　天津羽衣
でも　どんな節だったか

ヒャラーリヒャラリコ　ヒャリーコヒャラレロ
笛吹童子のテーマ曲が流れると
ラジオの下に駆け込み歌を口ずさむ
叔母とふたり胸をときめかせた

魚網の修理をする祖父や父に呼ばれる
糸の束を手首に掛けて　巻いていたのは祖母だったか
スルスルースルスルー　玉が大きくなる
一服は醤油を垂らした揚げたての餅

小さな身体で手伝っていた
大人の大変さが分かるようになり
「仕事がのろい」とか
「抜き終わったのにツーンとした草が残る」とか
祖母も母も　私にぼやく

家族揃って大きなお膳を囲む
何か　用を言いつけられたのだったか

「いやだぁ！」　父に逆らった朝
裸足で逃げるわたしを本気で追いかけてきた

どの家もかやぶき屋根だった
祖父母がいて　父母がいて
きょうだいが何人もいて
庭先に犬が寝そべり　雀がさえずる

# 祖母はこまごまと

あい子よう！　あい子よう！
と　祖母が呼ぶ

机にノートを開き
中間試験の悩ましい六月なのに
障子越しに
わたしの手を欲しがる

あるときは

左手にバケツ　右手で水を撒き
それから　箒の先を寝かせて
土間の埃を立てないように
そっと　掃いて見せる

藁の束子に灰をつけて
茶碗の内側をツルツルに
模様のところはピカピカに
此処が汚いと見栄えが悪い
と言いながら　茶碗の底を磨く
六十Ｗの裸電球が灯っていた

祖母は今でも夢に現れる
この間は私の家へ来てくれた

ドアを開けていたのに　何故か
口を結んだまま行ってしまった
そう言えば……仏に
家を建て替えたと
知らせていなかった！

祖母は用を言いつけて
こまごまと諭した
耳を塞ぎたかったけど……
今では姉妹の語り草
「あれで良かったね！」

# 下駄箱

祖母に連れられた入学式の日
下駄箱が並ぶ長い昇降口で
名札を探した
わたしの　わたしの名前がない

下駄箱を一つ一つのぞき
ひらがなを読んだ
祖母も

わたしも教室に入れない

かたくいあいこ
似ている名札を見つけた
下駄箱は空っぽ　でも
ここじゃない　わたしの下駄箱じゃない
祖母も腰を屈める

通りがかった先生に
祖母がしきりに頼む
「孫の下駄箱がねえんですよ。
　よおーく　捜したんですがねぇー」

その先生は

名前の読み違いに気づいてくれた
祖母は頭を下げて
かたくいあいこの下駄箱に
おろしたてのズックと草履を入れた
昇降口には　もう　誰もいない

# 母の夏

幼児を負ぶい
風呂敷包みを提げた母が
なぎさを歩いてゆく
しゃがんで貝殻を拾ったり
ちゃっぷ　ちゃっぷして
遊ぶ子どもたちを急かさない
砂ぼこりの立つ国道をさけて
なぎさを歩き里帰りする

遠い日の　母の夏

なぎさから松林の坂道を上がると
国道沿いに井戸があった
冷たい水を汲みあげて
喉をうるおし　ひと休み
脇道に入るとサツマイモ畑が
ちいさな足を隠して
母の実家が近くなる

「よく来た！　よく来た！」
相好をくずしたお祖父さんとお祖母さん
冷たい井戸水を桶に汲み
子どもたちの顔をふき　汚れた手足を洗い

涼しい部屋に上げてくれる

扇風機もクーラーも
テレビも自家用車もなかった時代
五里ほどの道のりを母は帰って行った
子どもたちを連れて
竹林のある里へ

# 母は眠りの中

軒下に転がっていた里芋は
小粒ばかり

母は掘り上げた里芋の中から
粒揃いを選り
娘たちに送ったり
持たせたのだった

三人姉妹が母の

病室で話している

「夜、ひとりになるのが怖くて……
受験勉強ができなかった
母ちゃん　起きていてくれ！
縫い物をしながら待っていてくれた」と
妹が話す

ＰＴＡ役員会の日
「きれいな緑色の着物姿の人が来て
グラウンドが明るくなったようだった
その人はお母さんだったのよ！」
もうひとりの妹が話した

初めて耳にする　母のすがた

「進学させなければだめだよ！」
母は囲炉裏端で父に話してくれた
世帯主でなかった父は
親に言いかねていたのか
祖父母の許しがあって
わたしは進学できたのだった

所得倍増計画があり
中学卒業者は金の卵ともてはやされて
東京に向かった　男子も女子も
進学率の低い時代だった

数え年九十六歳
緊急手術前のわずかな時間
点滴の管をつけた母は
眠りの中

# 口から食べる

何かしら口に入れてもらいたい
左脚の手術後　きゅっと口をむすび
病院食を食べない母に
妹はお粥を手づくりして
食べてくれそうな物をバッグに詰める

うまぁい！
少しずつ食べはじめたのを励みに
上手く作れたら……

食材を選びぬき
手づくりして食べさせる
食べれば生きられるのだ

亡き父の引き合わせか
偶然に「胃瘻に頼らず口から食べる」
という記事に出合った妹は
栄養士魂をゆさぶられ
食べ物をはこぶ

まもなく医師から呼ばれて
やむをえず胃瘻をつけたのだったが
退院後

老人ホームに戻れた母に
手づくりの持込みを許された妹は
南瓜入りのお粥を食べさせ
炒り豆腐を盛った器を持たせる

胃瘻をつけたままだが
ホームの食事を食べるようになった
妹はスイカやメロンをきざみ
好物の飲み物をはこぶ

# 二十歳

子どもの頃から漁船に乗り
漁を仕込まれた父が話していた

人間魚雷（回天）に志願したかったのに
「無駄死にするな！」と　親に止められ
俺は
親が決めた人を嫁にした
お前は
俺が二十歳のときの子どもだ　と

母は話したことがあった
「父ちゃんが兵隊に行くとき
　お前がお腹にいると言えなかった……」
黙って　わたしは聞いていた

上官に綱の結び方を褒められた　と
自慢話をしていた父が
横須賀に遊びに来た

武山駐屯地の前を通ったとき
此処に居たことがあると言う
車窓の左手に
平坦な敷地が広がっていた

父よ！
人間魚雷を知ったのは彼処ですか
綱の結び方を褒められたのは其処でしたか

戦地に行かずに終戦を迎えて
二十歳で親になった
父の　一握りの昔話
何処かへ解き放してやりたい

# 大洗と祖父

故郷、鹿島の家の庭先に
黒塗りの自動車がすぅーと止まり
すらりと祖父が降り立つのを
大人に混じって迎えた

大洗の船主に
山たて*の腕を見込まれ
毎年のように通った
大洗港に大漁旗が靡き

鰹漁で賑わった頃だろうか

鹿島の家の座敷は
船方の酒盛りがたけなわ
徳利をのせたお盆を前に
祖母と母が座り
わたしたち子どもが
ご馳走をほお張る

誰かが歌いはじめ
手拍子がついていく
間祝着《まいわいぎ》の似合う祖父の十八番
磯節が聴こえる

ハアーサイショネ
磯で名所は　大洗様よ
松が見えます　ほのぼのと

大洗は祖父の思い出を呼びさまし
あの賑わいがよせてくる

＊　山たて…何の目印もない海上で魚が獲れるポイントを見つけるわざ

# Ⅲ

# ありがとう

――息子が帰ってきたから　会いに来て！
正月に訪ねてくれた娘夫婦へメールを入れたが
三月末に　コロナウイルス感染予防の
外出自粛が布かれ　来られなかった

二人が訪ねてくれたのは晩秋
幼い娘と息子の世話をしてくれたトミさんが
一〇三歳で亡くなられたという
遺族の知らせを受けた後

連れ立ってお悔やみに伺い
墓所を尋ねたとき
トミさんの息子は　墓石に
Thank you　と刻んだと
頷けた私は
墓参りに来てくれた人に　Thank you
墓石に手を合わせる人も　Thank you
お互いにありがとう！　ね
彼はニッコリとした

その夕べ　息子がアルバムを開き
幼い日の思い出話を始めた
捲りながら　娘夫婦と私たちが笑ったり

首を傾げたりするアルバムの中に
トミさんの笑顔があった

また来てね！
娘夫婦が車のドアーを締めた後
静かにあふれてくるものがあった
ありがとう　と言ってみる

# 立春

マンションの部屋から保育園まで
まだらに雪が残る道を歩き
寧子ちゃんを迎えに行った　お母さんが
「昨日は、袋にいっぱい雪を詰めて
　帰ってきたのよ！」　と微笑む

園庭で遊んでいた寧子ちゃんが走ってきた
蛇口の水を細く出して　せっけんを泡立てる
両手をこすり　指をひらき　洗う

小さな手から水が弾ける　はじける
つぅーと　鼻水が垂れてきて
さぁ、ちんして！　顔を少しあげる

保育園の帰り道もお遊び
最初はグー　ジャンケンポン　アイコでしょ
両足でジャンケンをした
「お口でやろうよ！」（ええっ！）
口をつぐんで　グー
パー　と大きく口をあけた
「ほうら　お空がチョキしているよ」

食卓にショートケーキを並べた
兄ちゃんの皿はきれいさっぱり

寧子ちゃんの皿には　ケーキが寝そべって
もう　見向きもしない

手をつないで送ってきた寧子ちゃんが
手をふっている
赤ちゃんを負ぶった妹が手をふり
私もふっている

春の夕焼け　妹も　赤ちゃんも
寧子ちゃんも　絵本の一頁のようで
その中に入ってしまいそう

# 花のえにし

窓辺の花瓶に野の花が挿してある
遠くから遊びに来た幼子のおきみやげ
散歩のときだった
白い花を取ろうとして取れないくるみちゃんが
哀れな視線をわたしに向けるので取ってあげた
花を握ったその手をわたしに向けてはにかむ
ありがとう！　わたしに花をくれたのだった

萎れないで咲きつづける窓辺の花に

くるみちゃんの仕種にわたしの遠い日が目覚める

あのとき　道野辺の小さな白い花を摘み取った
一握りの花はほどなくぐったりして
わたしは捨てた　あれはヒメジョオンだったか
花の名も知らない頃の記憶の中に咲く

家族総出の麦刈りの日だった
祖父母や父母がいて　弟の姿が見えないのは
大きな桐の木陰に寝かされていたのだったか
幼かったわたしたち姉妹は
大人たちが束ねた麦を
ひと束ひと束　運んでいた

花を摘む子どもたちを
ぐったりした花が捨てられるのを
遥かな空のくぼみから
何かがじっと覗いていたのか
幼子といっしょにやってきたのは
あの　じっと覗いていた
花のえにし　では

# 六月の庭

ひらひらと黒揚羽がよぎった
ああー　あれは弟か
建て替えてから十余年
遊びに来てね　と
言わないまま過ごしてしまった
この愚かしさ

ラーメン店の見習いに上京した頃
よく遊びに来てくれた

お座りするようになった娘は人見知り
顔を見るたびに泣き
あやしても泣かれた　弟
食卓に　わたしは何を並べたのだったか

納棺されて旅立ちを待つ弟は
まぶたを閉じ
きりっと口を結び
ひとときわ端正な顔立ち

病床で手術の話を聞いたとき
「顔が細くなったら　お父さんに似ているね」
「うん、他の人にも　親父に似てきたな　と言われるよ」
にこっ　とする

「そうだね　父ちゃんに似ている！」

頬が少しこけていた

黒揚羽がひらひらと
青緑の　庭の繁みをよぎる
弟よ
別れに来てくれたのか

# あの砂の上に

あの砂の上にわたしは目覚める
棒切れを立てれば斜めに傾ぐ
風の強い日には
踝が痛いほど砂が走る

曽祖父が茅葺屋根の奥座敷に
頭を障子に向けて臥せっている
五歳の誕生日の頃　わたしは
いのちというものに近づいた

砂の上で遊んでいたとき
いきなりあの人に叱られた　すぐ側に
硝子の浮き玉が干してあった

海が好きで
本家を姉に譲り
海に暮らしを頼んだあの人の　あれは
いのちのつぎに大事な漁具だった

埋葬した日が消えかかる
長い棺が穴の底まで下ろされ
奥座敷が空になった頃　わたしもあの人のように
いつかは無くなってしまうのかと

ひどく泣いたわけでもないのに
無くなるのを分かってしまったあの頃
砂の上を走り　魚を食べて
なにものかを咥えていた

倒れても　あの砂の上に
其処に在る大人　遊び仲間　わたしの
墓標ではない何か　証しのようなものを
立てたいと想った

あの砂の上にわたしは帰る
砂の上のくぼみは未だ消えない
大震災で壊れた堤防の建つ
裸足では走れなくなった彼処へ

# 一本の道

海辺から松林や田畑へ向かった
あの一本の道を
今日は誰が上がるのだろう
やぶ椿の季節が近い

大雨が降るたびに壊された道を
集落の大人たちが道普請をした
鍬やスコップを握り
ムシロで土砂を運ぶ

坂道は屋敷林が覆い
まだらに日が射すばかりで
ひんやりと湿り　何度も
青大将に立ちすくんだ

野良仕事からの帰り道
山積みの荷車が転げ落ちないように
ギュッと手綱を引き締める父
母もわたしも　後ろを歩いた

踏ん張った赤茶色の牛は
大きな目玉のおとなしい牛だった
夕方には　切った藁や柔らかい草を食べさせて

夏の昼下がりには
波打ち際に繋いでいた

コンクリートで固められたあの道を
今日は誰が上がるのだろう

# 帰れない夏

土産はデパートからの配送に
小荷物は宅配便にして
小さなリュック一つで高速バスに乗る
ひそかな想いがコロナ禍に飛ばされた
せめて　去年の夏をなぞる

迎えに来た妹の家に靴をぬぎ
先祖の墓参りに行く
近くに住む叔母を訪ねて

仏壇にお線香を手向け
お茶をいただく

在京の妹夫婦が靴を脱ぎ寛ぐ頃
姪夫妻の車が庭に入り
くーちゃんと銀ちゃんが来た！
部屋に駆け上がった子どもたちが　こんにちは
「大きくなったねぇー」　頭を撫ぜる

夕方は庭でバーベキューだ
炭火を熾した男たちが焼きはじめている
秋刀魚で口元を汚し　焼肉を頬張る
茄子や玉蜀黍を紙皿にのせて
仕上げは焼蕎麦　腹いっぱい

麦茶を飲み　コーラやジュースも空になって
冷えた西瓜の山に手をのばす
うまい！

線香花火を持った子どもたちが
赤い火花をじっと見ている
男の子たちがサッカーボールを蹴って
庭先を走る
同胞たちとの夏よ　早く来るがいい

# むきみやの女

海の匂いがした

鏑木清方の《大橋際のむきみや》
下絵に赤い襟巻きをした女がいた
座って貝を剥いている
桶にむき身が溜まっている
下絵の風情に　わたしの
夏の記憶がほどかれる

山盛りの貝を目の前に
お婆さんたちや遊び仲間と
左手に貝を握り　手も貝も
くるりくるりと動かして
金盥にむき身が溜まってゆく

茅葺屋根に日が昇り
大きな樽の中で貝が潮を吹く
天日に干した貝は飴色になって
トウキョウの市場に運ばれた
誰の腹を満たしたのか

称名寺貝塚にはハマグリ　アサリ
小さな巻貝もまじるという

縄文時代の人たちも
貝を獲って食べていた

わたしも食べてきた
小庭に白く散らばるのは
土産に持たせてくれた貝だ
小高い山に囲まれた岩戸の地に
いつのときか指先を白くして
いぶかしそうに
貝殻を手にする人が在るだろうか
ふるさとには貝殻が眠る

# 藤かずら

植え込みを這う
長い蔓に鋏を入れて
引っ張る
土から剝がれない
シャベルを握る

掘り起こし引き抜いた蔓は
髭状の長い根をぶら下げ
土深く根を張っていた

蔓をつかみ
切る
切って
掘り起こす
繰り返し
繰り返す

藤かずらは
蔓の先に
むらさきの
花房の夢を見るのか

顔を上げると

ほほほっー
ほほほっー　と
晩秋の陽ざしが笑う
土に汚れた手を翳し
わたしも笑う

# じりじりとした夏

百日草の蜜を吸う蝶
翅が少しこわれていた

ひらひらと舞うのは
蜜を吸っていたお前では

夜には
木々の暗みに翅をたたむのか
百日紅の　白萩の根元あたりに

せめてたっぷり水を撒く

片隅に茂る穴だらけの青紫蘇に
ちいさなバッタが乗る
お前が齧った?
手をのばすと　ピョーン
ピョーン!　と行方をくらます
笊を片手に　帽子を被り
穴のない葉をさがす

水やりの最中
飛び散る水の中に生まれた
小さな虹に惚ける

炎天下
生き物も
わたしも
生をつなぐ

# あとがき

先の詩集『誰かに手渡したくて』を発行したのは二〇一四年十一月。東日本大震災の後でした。この度は、コロナ変異株が人類の生命を脅かし、世界中が困難と闘う最中と重なってしまいました。大震災と未曽有の原発事故の後、何時何が起こるか分からないという不安感を抱きながらでしたが、この度は、コロナに感染しないように努める日々。医療現場の逼迫や増え続ける感染者、万が一の入院などを想います。

収録詩は「地下水」「ＥＲＡ」「千年樹」等に発表した作品から選び、一部改稿し、未発表の詩篇を加えました。各編集・発行者の皆様に、厚くお礼を申し上げます。

顧みますと、歴史上、あまり知られていない土地に生まれ育った私は、そこで生きた文字を残さなかった人々のことを、書いておきたいと考えておりました。

本詩集の「あの砂の上に」は私の原点の一つであり、かけがえのない故里を詠い続ける所以です。

詩集制作にあたり、土曜美術社出版販売社主高木祐子様、装丁をしていただいた高島鯉水子様に、大変お世話になりました。心からお礼申し上げます。

コロナ禍が一日も早く終息することを願って。

二〇二一年五月

方喰あい子

**著者略歴**

方喰あい子（かたばみ・あいこ）

詩集　『鹿島灘』1981年　横浜詩好会
　　　『蛇行』1990年　宝文館出版販売株式会社
　　　『キャヴェンディッシュの海』2008年　土曜美術社出版販売
　　　『砂浜の象』2008年　横浜詩人会
　　　『誰かに手渡したくて』2014年　土曜美術社出版販売

所属　日本現代詩人会・日本詩人クラブ・横浜詩人会　各会員
　　　横浜詩好会「地下水」・「ERA」各同人・「千年樹」に寄稿

現住所　〒239-0844　神奈川県横須賀市岩戸2丁目8番12号
　　　　　　　　　　森川方

詩集　ビオラ　ソロリアプリセアーナのある庭《にわ》

発行　二〇二一年七月二十八日

著者　方喰あい子
装丁　高島鯉水子
発行者　高木祐子
発行所　土曜美術社出版販売
〒162-0813　東京都新宿区東五軒町三―一〇
電話　〇三―五二二九―〇七三〇
FAX　〇三―五二二九―〇七三二
振替　〇〇一六〇―九―七五六九〇九
印刷・製本　モリモト印刷
ISBN978-4-8120-2630-4　C0092